COLLECTION

DE FEU

M. le Chevalier Junius Van HEMERT

Mᶜ CHARLES PILLET

Cⁱᵉ-Priseur

MM. F. LANEUVILLE & VAN GOGH, DE LA HAYE

Experts

CATALOGUE

D'UNE REMARQUABLE RÉUNION

DE

14 TABLEAUX

DES PREMIERS MAITRES FLAMANDS

AYANT FORMÉ LE CABINET

De feu M. le Chevalier **W. J. JUNIUS VAN HEMERT**, de La Haye

DONT LA VENTE AURA LIEU PAR SUITE DE SON DÉCÈS

HOTEL DES COMMISSAIRES-PRISEURS

RUE DROUOT, N° 5

SALLE N° 5

LE LUNDI 18 AVRIL 1859

A 3 HEURES 1/2

PAR LE MINISTÈRE DE **M° CHARLES PILLET**, COMMISSAIRE-PRISEUR,

Succ° de M. BONNEFONS DE LAVIALLE, rue de Choiseul, 11

ASSISTÉ DE **M. FERDINAND LANEUVILLE**, EXPERT

rue Neuve-des-Mathurins, 73

ET DE **M. VAN GOGH**, APPRÉCIATEUR

De La Haye

Chez lesquels se distribue le Catalogue

EXPOSITION PARTICULIÈRE

Le Samedi 16 Avril 1859, de midi à 5 heures.

EXPOSITION PUBLIQUE

Le Dimanche 17 Avril 1859, de midi à 5 heures

—

1859

CONDITIONS DE LA VENTE

Elle sera faite au comptant.

Les acquéreurs paieront, en sus des adjudications, cinq pour cent applicables aux frais.

LE CATALOGUE SE DISTRIBUE :

A PARIS.... .... chez Me Ch. Pillet ;

—   ....   MM. F. Laneuville ;

A LONDRES.......   Colnaghi ;

A LA HAYE.......   Van Gogh ;

A BRUXELLES...   Ét. Le Roy, expert du Musée ;

A LILLE...... ...   Tencé père.

AVERTISSEMENT

Les Tableaux que nous mentionnons plus loin ont formé le cabinet de feu M. le Chevalier W. J. Junius Van Hemert, Procureur-Général de la Cour provinciale, à La Haye.

Il s'était borné à un très-petit nombre d'œuvres fort remarquables, quatorze seulement, des premiers maîtres de son pays; il s'attachait surtout à ce qu'elles fussent d'une authenticité qui ne pût être contestée.

Parmi ce nombre fort restreint nous nous bornerons à fixer principalement l'attention des amateurs sur un clair de lune d'Arthur Van der Neer, une suite de quatre très-beaux Moucheron, un portrait de Constantin Netscher, une belle cascade de Ruysdaël, et sur un tableau des plus importants et des plus rares qui captivait surtout l'attention et l'admiration de ceux qui étaient assez heureux pour être admis dans le sanctuaire qui le renfermait. Ce tableau est un des plus remarquables de Terburg, le pendant, quant au sujet, car la forme diffère, du fameux traité de Munster, de la collection de l'Elysée. Le moment représenté par le maître est celui qui a suivi l'adoption des articles du traité; les personnages sont les mêmes que ceux qui figurent dans le tableau qui appartenait à M. le duc de Berry; la salle qui les réunit est la même, aussi, vue un peu de côté; les plénipotentiaires des puissances intéressées sont tous debout, se disposant à prêter le serment sur l'Évangile et sur la croix.

Ce tableau, si précieux par son intérêt historique et par l'habileté du maître qui l'a exécuté, réunira, nous l'espérons, tous les suffrages de nos connaisseurs; nous voulons espérer aussi que le premier des deux tableaux qui nous transmettait les portraits si exacts de ceux qui ont assisté à cette scène mémorable, et que le peintre s'était chargé de faire connaître à la postérité, n'ayant pas été acquis par un de nos compatriotes, celui-ci au moins nous restera.

M. le chevalier Van Hemert l'avait acquis d'un descendant de Terburgh, à Deventer.

DÉSIGNATION

DES

TABLEAUX

—◆◇◆—

N° 1.

CAPEL (J.-V.), signé.

Vue d'une chaumière au bord d'un canal glacé.

Toile.—H., 40 c. L., 48 c.

N° 2.

DELEN (Van).

2 — Intérieur d'un riche palais.

Sur le premier plan un seigneur et une dame se préparent à danser un menuet; deux musiciens les accompagnent; dans le fond une table chargée des reste d'un repas; une femme est assise auprès et cause avec un cavalier.

Bois.—H., 4e c. L., 76 c.

N° 3.

GOYEN (Van), signé, daté 1646.

Vue du Rhin, près de Harlem.

Un château et une église occupe le centre du tableau; quelques barques chargées de personnages sillonnent le fleuve.

Bois.—H., 64 c. L., 97 c.

N° 4.

MOLENAERT (K.), signé.

Vue d'une ville de Hollande, effet d'hiver.

Un grand nombre de patineurs animent la composition.

Bois.—H., 50 c. L., 39 c.

MOUCHERON.

QUATRE VUES PRISES EN ITALIE.

N° 5.

Paysage avec cascades.

N° 6.

Paysage baigné par une rivière traversée par un pont.

N° 7.

Passage d'un gué.

N° 8.

Paysage accidenté.

Toile.—H., 78 c. L., 65 c.

N° 9.

NEER (Arthur Van der), signé.

Clair de lune, vue de Hollande.

Bois.—H., 27 c. L., 38 c.

N° 10.

NETSCHER (Constantin), signé, daté 1673.

Portrait d'un magistrat.

Il est coiffé de long cheveux, un manteau noir le couvre entièrement, une de ses mains est posée sur une table.

Bois.—H., 38 c. L., 30 c.

N° 11.

SPRONCK (Jean), signé, daté 1639.

Portrait d'homme coiffé d'un chapeau à grand bord.

Il est debout s'appuyant sur une canne, et s'apprêtant à descendre un escalier.

Bois.—H., 68 c. L., 46 c.

N° 12.

RUYSDAEL (Jacques), signé.

Paysage.

Sur le premier plan un torrent vient se précipiter en cascades sur des rochers; un léger pont de bois conduit à un village qu'on aperçoit à travers des arbres.

Toile.—H., 66 c. L., 53 c.

N° 13.

TERBURG (Gérard).

La Paix de Munster.

Le moment représenté est celui du serment des plénipotentiaires.

Toile.—H., 60 c. L., 43 c.

N° 14.

WOUWERMANS (Pierre).

Le Marchand de chevaux.

Toile.—H., 56 c. L., 75 c.

Renou et Maulde, Imprimeurs de la Compagnie des Commissaires-Priseurs,
rue de Rivoli, 144.

www.ingramcontent.com/pod-product-compliance
Lightning Source LLC
Chambersburg PA
CBHW061229090726
47597CB00015B/4240